唐五代词境浅说

俞陛云◎编著

人民文学出版社

图书在版编目(CIP)数据

唐五代词境浅说/俞陛云编著.
—北京:人民文学出版社,2018
(恋上古诗词:版画插图版)
ISBN 978-7-02-013583-7

Ⅰ.①唐… Ⅱ.①俞… Ⅲ.①词(文学)-诗词研究-中国-唐代 ②五代词-诗词研究 Ⅳ.①I207.23

中国版本图书馆 CIP 数据核字(2017)第 307387 号

责任编辑 **卜艳冰 尚 飞**
装帧设计 **高静芳**

出版发行 **人民文学出版社**
社　　址 **北京市朝内大街 166 号**
邮政编码 **100705**
网　　址 **http://www.rw-cn.com**

印　　刷 **莱芜市圣龙印务有限责任公司**
经　　销 **全国新华书店等**

开　　本 **890 毫米×1240 毫米 1/32**
印　　张 **4.5**
插　　页 **2**
字　　数 **100 千字**
版　　次 **2018 年 6 月北京第 1 版**
印　　次 **2018 年 6 月第 1 次印刷**

书　　号 **978-7-02-013583-7**
定　　价 **25.00 元**

目录

唐词选释　六十首

五代词选释　一百八十三首

后唐

后晋

前蜀

后蜀

南唐

唐词选释

六十首

叙

世之习词者，群奉瓣香于两宋，而唐贤实为之基始，采六朝乐府之音，以制新律。李白以后，若温、王、刘、韦，作者十数人，皆一代诗豪，以余事为长短句，其肫然忠爱，蕴而莫宣，则涉笔于翠帘红袖闲，以达其怨悱之旨。但沅芷、澧兰，固楚累所托想；亦有返虚入浑，以无寄托为高者，刻舟求剑，或转失之。故蜀之《花间》，宋之《草堂》《花庵》，昔操选政者，但有去取，不加评议。余为便于初学计，取唐贤之词，循其文而申其意，蠡测之见，于昔贤宏旨微言，恐未能曲当也。庚辰花朝，七十三叟俞陛云识于故都乐静居。

菩萨蛮

平林漠漠烟如织。寒山一带伤心碧。暝色入高楼。有人楼上愁。　　玉阶空伫立。宿鸟归飞急。何处是归程。长亭连短亭。

太白仙才旷世，即小令亦高挹群言。以字句论，首二句写登高晚眺，极目平林，林外更寒山一碧，乃高楼所见也。林霭浓织及山光入暮逾青，乃薄暝之时也。故三句以"暝色入高楼"承接之。四句言楼上愁人，叙入本意。下阕"玉阶""宿鸟"二句承高楼及暝色而言，且有鸟归而人未归、空劳伫立之意。故接以何处归程。结句"长亭连短亭"，则归程愈盼愈远，见离愁之无尽也。以词格论，苍茫高浑，一气回旋。黄叔畅称此词及《忆秦娥》词为"百代词曲之祖"。

忆秦娥

箫声咽。秦娥梦断秦楼月。秦楼月。年年柳色，灞陵伤别。　　乐游原上清秋节。咸阳古道音尘绝。音尘绝。西风残照，汉家陵阙。

忆秦娥(箫声咽)

此词自抒积感，借闺怨以写之，因身在秦地，即以秦女箫声为喻。起笔有飘飘凌云之气。以下接写离情，灞桥折柳，为迁客征人伤怀之处，犹劳劳亭为自古送行之地，太白题亭上诗“春风知别苦，不遣柳条青”，同此感也。下阕仍就秦地而言，乐游原上，当清秋游赏之时，而古道咸阳，乃音尘断绝，悲愉之不同如是。古道徘徊，既所思不见，而所见者，惟汉代之遗陵废阙，留残状于西风夕照中。一代帝王，结局不过如是，则一身之伤离感旧，洵命之衰耳。结二句俛仰今古，如闻变徵之音。

清平乐令

禁庭春昼。莺羽披新绣。百草巧求花下斗。只赌珠玑满斗。　　日晚却理残妆。御前闲舞霓裳。谁道腰支窈窕，折旋消得君王。

此太白在翰林时应制之作。先言禁庭春暖，斗草奢华。后言歌舞邀恩，翩嬛旋折，以取媚君王，不惜腰支约瘦，如楚宫之服“息肌丸”，意殆讽谐弄之臣耶？

前　调

禁帏秋夜。月探金窗罅。玉帐鸳鸯喷沉麝。时落银灯香炧。　女伴莫话孤眠。六宫罗绮三千。一笑皆生百媚，宸游教在谁边。

前首言昼景，此言夜景，丽句妍词，想见唐宫春色。转头处言粉黛列屋而居，争怜希宠，延伫羊车，以应制体而词乃尽态取妍，可见当时禁令之宽，故飞燕新妆，不嫌唐突也。成肇麐辑《唐五代词选》录太白《清平乐》一首，其词云："烟深水阔。音信无由达。惟有碧天云外月。偏照悬悬离别。　尽日感事伤怀。愁眉似锁难开。夜夜长留半被，待君魂梦归来。"按《花庵词选》云："唐吕鹏《遏云集》载应制词四首，以后二首无清逸气韵，疑非太白所作。"今观其"烟深水阔"一首，语近宫怨，与前二首不类，或他稿误入。

杨玉环　一首

阿那曲

罗袖动香香不已。红蕖袅袅秋烟里。轻云岭下乍摇风，嫩柳池塘初拂水。

贵妃精音律，故词取协调，被诸管弦，而句不求工。既言秋烟芙蕖，又言嫩柳初拂，物候亦失序。贵妃逸事夥矣，词则仅此一首，姑录于卷。

张志和 五首

渔歌子五首

西塞山前白鹭飞。桃花流水鳜鱼肥。青箬笠，绿蓑衣。斜风细雨不须归。

青草湖中月正圆。巴陵渔父棹歌连。钓车子，橛头船。乐在风波不用仙。

松江蟹舍主人欢。菰饭莼羹亦共餐。枫叶落，荻花干。醉宿渔舟不觉寒。

霅溪湾里钓鱼翁。舴艋为家西复东。江上雪，浦边风。笑着荷衣不叹穷。

钓台渔父褐为裘。两两三三舴艋舟。能纵棹，惯乘流。长江白浪不须忧。

自来高洁之士，每托志渔翁，访尚父于磻溪，讽灵均于湘浦，沿及后贤，见于载籍者夥矣。而轩冕之士，能身在江湖者，实无几人。志和固手把钓竿者，而词言“西塞”“巴陵”“松江”“雪溪”“钓台”，地兼楚越，非一舟能达，则此词亦托想之语，初非躬历。然观其每首结句，君子固穷，达人知命，襟怀之超逸可知。“桃花流水”句，尤世所传诵。

刘长卿 一首

谪仙怨

晴川落日初低。惆怅孤舟解携。鸟向平芜远近，人随流水东西。　　白云千里万里，明月前溪后溪。独恨长沙谪去，江潭春草萋萋。

长卿由随州左迁睦州司马，于祖筵之上，依江南所传曲调，撰词以被之管弦。“白云千里”，怅君门之远隔；“流水东西”，感谪宦之无依，犹之昌黎南去，拥风雪于蓝关；白傅东来，泣琵琶于浔浦，同此感也。

韩翃 一首

章台柳

章台柳。章台柳。往日依依今在否。纵使长条似旧垂，也应攀折他人手。

此词窥作者之意，若谓台边垂柳，曾依依向我，而珍护无从，尽他日旁人攀折，何情之深耶！若谓春到人间，年复一年，长条自发，一任思妇征人攀条赠别，清泪盈怀，而柳枝不识不知，青青终古，又何其旷达也。夫帝室河山，豪家楼阁，刹那即物换星移，又何异台边折柳乎？

柳氏 一首

杨柳枝

杨柳枝，芳菲节。可恨年年赠离别。一叶随风忽报秋，纵使君来岂堪折。

折枝赠别，已觉可伤；若秋来欲折无由，谁能堪此！与“莫待无花空折枝”诗意相似。一言须惜少年，一言勿轻离别，皆王武子所谓情文相生也。

戴叔伦 一首

调笑令

边草。边草。边草尽来兵老。山南山北雪晴。千里万里月明。明月。明月。胡笳一声愁绝。

唐代吐蕃、回纥,迭起窥边,故唐人诗词,多言征戍之苦。当塞月孤明,角声哀奏,正征人十万碛中回首之时。李陵所谓“胡笳互动”“只令人悲增忉怛耳”。

调笑令 二首

胡马。胡马。远放燕支山下。跑沙跑雪独嘶。东望西望路迷。迷路。迷路。边草无穷日暮。

河汉。河汉。晓挂秋城漫漫。愁人起望相思。塞北江南别离。离别。离别。河汉虽同路绝。

上首言胡马东西驰突，终至边草路迷，犹世人营扰一生，其归宿究在何处？下首言人虽南北遥暌，而仰视河汉，千里皆同。有少陵“依斗望京”、白傅“共看明月”之意。而河汉在空，人天路绝，下视尘寰，尽痴男骙女，诉尽离愁，固不值双星一笑。此二词见韦苏州托想之高。

王建　六首

古调笑

团扇。团扇。美人病来遮面。玉颜憔悴三年。谁复商量管弦。弦管。弦管。春草昭阳路断。

前　调

胡蝶。胡蝶。飞上金花枝叶。君前对舞春风。百叶桃花树红。红树。红树。燕语莺啼日暮。

前　调

杨柳。杨柳。日暮白沙渡口。船头江水茫茫。商人少妇断肠。肠断。肠断。鹧鸪夜来失伴。

前　调

罗袖。罗袖。暗舞春风已旧。遥看歌舞玉楼。好日新妆坐愁。愁坐。愁坐。一世虚生虚过。

第一首言管弦抛掷，写宫怨之正面。次首言莺燕嬉酣，写宫怨之侧面。三首感商妇之飘零。四首怅芳华之迟暮。四词节短韵长，独弹古调，以“团扇”“胡蝶”“杨柳”“罗袖”为起笔，诗经之比体也。意随调转，如“弦管”“管弦”句，音节亦流动生资，倘使红牙按拍，应怨入落花矣。

三台令

池北池南草绿，殿前殿后花红。天子千秋万岁，未央明月清风。

前　调

鱼藻池边射鸭，芙蓉苑里看花。日色赫袍相似，不着红鸾扇遮。

此调一名《翠华引》，乃应制之作。上首言宝殿清池，萦带花草，游赏于风清月白时，写宫掖承平之象，犹穆满之万年为乐也。次首“看花”“射鸭”，虽游戏而不禁人观，龙鳞日绕，群识圣颜。二词皆台阁体，录之以备一格。其浑成处，想见盛唐词格。

刘禹锡 三首

忆江南

春去也，多谢洛城人。弱柳从风疑举袂，丛兰浥露似沾巾。独坐亦含颦。

作伤春词者，多从送春人着想。此独言春将去而恋人，柳飘离袂，兰浥啼痕，写春之多情，别饶风趣，春犹如此，人何以堪！

潇湘神二首

湘水流。湘水流。九疑云物至今愁。若问二妃何处所，零陵芳草露中秋。

斑竹枝。斑竹枝。泪痕点点寄相思。楚客欲听瑶瑟怨，潇湘深夜月明时。

此九疑怀古之作。当湘帆九转时，访英皇遗迹，而芳草露寒，五铢珮远，既欲即而无从，则相思所寄，惟斑竹之“泪痕”；哀响所传，惟夜寒之“瑶瑟”，亦如萼绿华之来无定所也。李白诗“白云明月吊湘娥”与此词之“深夜月明”，同其幽怨。

白居易 二首

长相思

深画眉。浅画眉。蝉鬓鬅鬙云满衣。阳台行雨回。

巫山高，巫山低。暮雨潇潇郎不归。空房独守时。

先言其妆饰，风鬟雾鬓，约步而来。次言其情思，虚帷听雨，其寥寂可知。转头以巫山高低，联合上下文之“阳台”“暮雨”，句法细密。长短句本嗣响乐府，此首音节，饶有乐府之神。

前　调

汴水流。泗水流。流到瓜州古渡头。吴山点点愁。

思悠悠。恨悠悠。恨到归时方始休。月明人倚楼。

此词若“晴空冰柱”，通体虚明，不着迹象，而含情无际。由汴而泗而江，心逐流波，愈行愈远，直至天末吴山，仍是愁痕点点，凌虚着想，音调复动宕入古。第四句用一“愁”字，而前三句皆化“愁”痕，否则汴泗交流，与人何涉耶！结句盼归时之人月同圆，昔日愁眼中山色江光，皆入倚楼一笑矣。《花庵词选》评此二词，谓“非后世作者所及”。

长相思（汴水流）

段成式　一首

闲中好

闲中好，尘务不萦心。坐对当窗木，看移三面阴。

郑、段二词调名同，用意亦同。一用仄韵，一用平韵，皆本体也。郑言人在松阴，但听风传僧语，乃耳闻之静趣；段言清昼久坐，看日影之移尽，乃目见之静趣，皆写出静者之妙心。

皇甫松　九首

摘得新

酌一卮。须教玉笛吹。锦筵红蜡烛，莫来迟。繁红一夜经风雨，是空枝。

清景一失，如追亡逋，少年不惜，老大徒悲。谪仙之秉烛夜游，即锦筵红烛意也。

竹　枝 六首

槟榔花发、鹧鸪啼。雄飞烟瘴、雌亦飞。

木棉花尽、荔支垂。千花万花、待郎归。

芙蓉并蒂、一心连。花侵槅子、眼应穿。

筵中蜡烛、泪珠红。合欢桃核、两人同。

斜江风起、动横波。擘开莲子、苦心多。

山头桃花、谷底杏。两花窈窕、遥相映。

此南方“竹枝”“女儿”词也。虽皆缘情靡曼之音，而未乖贞则，音节古艳可诵。

梦江南二首

兰烬落，屏上暗红蕉。闲梦江南梅熟日，夜船吹笛雨潇潇。人语驿边桥。

楼上寝，残月下帘旌。梦见秣陵惆怅事，桃花柳絮满江城。双髻坐吹笙。

调倚《梦江南》，两词皆其本体。江头暮雨，画船闻桃叶清歌；楼上清寒，笙管擫刘妃玉指，语语带六朝烟水气也。

温庭筠　十三首

菩萨蛮四首

小山重叠金明灭。鬓云欲度香腮雪。懒起画蛾眉。弄妆梳洗迟。　　照花前后镜。花面交相映。新帖绣罗襦。双双金鹧鸪。

南园满地堆轻絮。愁闻一霎清明雨。雨后却斜阳。杏花零落香。　　无言匀睡脸。枕上屏山掩。时节欲黄昏。无聊独倚门。

翠翘金缕双鸂鶒。水纹细起春池碧。池上海棠梨。雨晴红满枝。　　绣衫遮笑靥。烟草黏飞蝶。青琐对芳菲。玉关音信稀。

水晶帘里玻璃枕。暖香惹梦鸳鸯锦。江上柳如烟。雁飞残月天。　　藕丝秋色浅。人胜参差剪。双鬓隔香红。玉钗头上风。

飞卿词极流丽，为《花间集》之冠。《菩萨蛮》十四首，尤为精湛之作。兹从《花庵词选》录四首以见其概。十四首中言及杨柳者凡七，皆托诸梦境。风诗托兴，屡言杨柳，后之送客者，攀条赠别，辄离思黯然，故词中言之，低回不尽，其托于梦境者，寄其幽渺之思也。张皋文云“此感士不遇也”，词中“青琐金堂，故国吴宫，略露寓意”，其言妆饰之华妍，乃“《离骚》初服之意”。

更漏子

柳丝长，春雨细。花外漏声迢递。惊塞雁，起城乌。画屏金鹧鸪。　　香雾薄。透帘幕，惆怅谢家池阁。红烛背，绣帘垂。梦长君不知。

《更漏子》四首，与《菩萨蛮》词同意。“梦长君不知”即《菩萨蛮》之“心事竟谁知”“此情谁得知”也。前半词意以鸟为喻，即引起后半之意。塞雁、城乌，俱为惊起，而画屏上之鹧鸪，仍漠然无知，犹帘垂烛背，耐尽凄凉，而君不知也。

前　调

玉垆香，红蜡泪。偏照画堂秋思。眉翠薄，鬓云残。夜长衾枕寒。　　梧桐树。三更雨。不道离情正苦。一叶叶，一声声。空阶滴到明。

此首亦以上半阕引起下文。惟其锦衾角枕，耐尽长宵，故桐叶雨声，彻夜闻之。后人用其词意入诗云：“枕边泪共窗前雨，隔个窗儿滴到明。”加一泪字，弥见离情之苦。但语意说尽，不若此词之含浑。

前　调

背江楼，临海月。城上角声呜咽。堤柳动，岛烟昏。两行征雁分。　　京口路。归帆渡。正是芳菲欲度。银烛尽，玉绳低。一声村落鸡。

就行役昏晓之景，由城内而堤边，而渡口，而村落，次第写来，不言愁而离愁自见。其“征雁”句寓分手之感。唐人七岁女子诗“所嗟人异雁，不作一行飞”，亦即此意。结句与飞卿《过潼关》诗“十里晓鸡关树暗，一行寒雁陇云愁”、清真词“露寒人远鸡相应”，皆善写晓行光景。

前　调

星斗稀。钟鼓歇。帘外晓莺残月。兰露重，柳风斜。满庭堆落花。　　虚阁上。倚阑望。还似去年惆怅。春欲暮，思无穷。旧欢如梦中。

此首总结四首。张皋文评云：“‘兰露重’三句与‘塞雁’‘城乌'义同。”下阕追忆去年已在惆怅之时，则此日旧欢回首，更迢遥若梦矣。此调各家所选不同，皋文未录“背江楼”一首，成氏《唐五代词选》亦未录此首而录“相见稀”一首，今从《花庵词选》录四首。其“相见稀”一首，附录于后：“相见稀，相忆久。眉浅淡烟如柳。垂翠幕，结同心。待郎熏绣衾。　　城上月。白如雪。蝉鬓美人愁绝。宫树暗，鹊桥横。玉签初报明。”

忆江南

梳洗罢，独倚望江楼。过尽千帆皆不是，斜晖脉脉水悠悠。肠断白蘋洲。

“千帆”二句窈窕善怀，如江文通之“黯然消魂”也。

蕃女怨二首

万枝香雪开已遍。细雨双燕。钿蝉筝，金雀扇。画梁相见。雁门消息不归来。又飞回。

碛南沙上惊雁起。飞雪千里。玉连环，金镞箭。年年征战。画楼离恨锦屏空。杏花红。

唐人每作征人、思妇之诗，此词意亦犹人，其擅胜处在节奏之哀以促，如闻急管么弦。此词借燕雁以寄怀。集中尚有《遐方怨》二首，有"断肠潇湘春雁飞""梦残惆怅闻晓莺"句。《定西番》三首有"雁来人不来""肠断塞门消息，雁来稀"句，亦借莺雁以寄离情，其意境与《蕃女怨》词相类。

河　传

湖上。闲望。雨潇潇。烟浦花桥路遥。谢娘翠娥愁不消。终朝。梦魂迷晚潮。　　荡子天涯归棹远。春已晚。莺语空肠断。若耶溪，溪水西。柳堤。不闻郎马嘶。

此调音节特妙处，在以两字为一句，如"终朝""柳堤"，与下句同韵，句断而意仍连贯，飞卿更以风华掩映之笔出之，洵金荃能手。

清平乐

洛阳愁绝。杨柳花飘雪。终日行人争攀折。桥下水流呜咽。上马争劝离觞。南浦莺声断肠。愁杀平原年少，回首挥泪千行。

通是写离人情事，结句尤佳。临歧忍泪，恐益其悲，更难为别。至别后回头，料无人见，始痛洒千行之泪，洵情至语也。后人有出门诗云："欲泣恐伤慈母意，出门方洒泪千行。"此意于别母时赋之，弥见天性之笃。

窦弘馀 一首

广谪仙怨

胡尘犯阙冲关。金辂提携玉颜。云雨此时萧散，君王何日归还。　　伤心朝恨暮恨，回首千山万山。独望天边初月，蛾眉犹自弯弯。

明皇幸蜀，登高遥辞陵庙，泣曰："吾听九龄之言，不至于此。"在马上索长笛，吹此曲，谓有司曰："吾意在九龄。可名此曲为《谪仙怨》。"其音怨切，传称为剑南神曲。长卿谱此曲，而未知其本事。弘馀云："余备知其事。"因撰其词，命乐工吹之。其词意先序偕杨妃西巡之事，继言天边初月，犹似蛾眉，谓其追忆杨妃也。后人或言杨妃未死，为之辩证，岂弘馀亦知其潜遁，故言蛾眉犹似，隐约其词耶？

康骈　一首

广谪仙怨

晴山碍目横天。绿叠君王马前。銮辂西巡蜀国，龙颜东望秦川。　　曲江魂断芳草，妃子愁凝暮烟。长笛此时吹罢，何言独为婵娟。

此词原序谓刘随州固未知制曲意。而窦使君“但以贵妃为怀”，未及九龄之事。“骈因更广其词，盖欲两全其事”云。观康骈此词，述明皇感旧，兼及思贤之意，而《谪仙怨》本意了然。袁随园诗“金鉴果教言在耳，玉环何至泪沾衣”，即此意也。

司空图　一首

酒泉子

买得杏花，十载归来方始坼。假山西畔药阑东。满枝红。　　旋开旋落旋成空。白发多情人更惜。黄昏把酒祝东风。且从容。

表圣为唐末完人，此词借花以书感。明知花落成空，而酹酒东风，乞驻春光于俄顷，其志可哀。表圣有绝句云："故国春归未有涯。小栏高槛别人家。五更惆怅回孤枕，犹自残灯照落花。"与此词同慨，隐然有《黍离》之怀也。

郑符 一首

闲中好

闲中好，尽日松为侣。此趣人不知，轻风度僧语。

韩偓 二首

生查子

侍女动妆奁，故故惊人睡。那知本未眠，背面偷垂泪。

前　调

懒卸凤皇钗，羞入鸳鸯被。时复见残灯，和烟坠金穗。

二词皆咏闺怨。前首言已是清夜无眠，而泪痕界粉，复背面偷垂，以三折笔写之；次首言已是绣衾不展，而静见残灯坠穗，且夜深时复见之，亦三折写来，皆善状闺怨之深也。

李晔　一首

巫山一段云

蝶舞梨园雪，莺啼柳带烟。小池残日艳阳天。苎萝山又山。　　青鸟不来愁绝。忍看鸳鸯双结。春风一等少年心。闲情恨不禁。

古乐府“山上有山”言人之出也。“苎萝山”句殆用此语，故接以“青鸟不来”之句。人生最乐光阴，莫若少年时，而淹忽易过，少焉瞩之，已化为古。宋人谢懋词“老年常忆少年狂”、章良能词“旧游无处不堪寻。无寻处，惟有少年心”。与昭宗“少年心”句，有同感也。

巫山一段云（蝶舞梨园雪）

张曙　一首

浣溪沙

枕障熏炉隔绣帏，二年终日苦相思，杏花明月始应知。　　天上人间何处去，旧欢新梦觉来时，黄昏微雨画帘垂。

第三句问消息于杏花，以年计也；诉愁心于明月，以月计也。乃申言第二句二年相思之苦。下阕新愁旧恨，一时并集，况“帘垂”“微雨”之时，与玉溪生“更无人处帘垂地”句相似，殆有帷屏之悼也。

王丽真　一首

字字双

床头锦衾斑复斑。架上朱衣殷复殷。空庭明月闲复闲。夜长路远山复山。

前二句叠用“斑”字、“殷”字，见衣饰之华，喻己才学之美，犹屈子崔巍之冠、陆离之剑也。后二句叠用“闲”字、“山”字，见独旦之悲及离人之远，颇具乐府风格。

佚名 一首

后庭宴

千里故乡，十年华屋。乱魂飞过屏山簇。眼重眉褪不胜春，菱花知我消香玉。　　双双燕子归来，应解笑人幽独。断歌零舞，遗恨清江曲。万树绿低迷，一庭红扑簌。

千里之遥，十年之久，而知其憔悴者，惟有菱花，其踪迹之销匿可知。观“遗恨清江”句，殆唐末遗民，自晦其姓名者。以其姓名无考，诸选家有列于唐末者，有附于五代者，未能确定也。

五代词选释

一百八十三首

叙

五代当圉蒙之际，残民如草，易君如棋。士大夫忧生念乱，浮沉其间，积感欲宣，而昌言虑祸，辄以曼辞俳体，寓其忠笃悱恻之思，《黍离》咏叹，亦时见于其间。茹苦于心，而其词则乱，良足伤矣。论其词格，承六朝乐府之余响，为秦、黄、欧、晏之传薪，其文丽以则，其气高而浑，卓然风人之正轨也。余既为《唐词选释》示词社诸子，复取五代词，择百余调，加以笺释，以申其义而畅其趣。俾初习词者，审其径途，以渐窥其堂奥焉。庚辰二月花朝乐静居士俞陛云识。时年七十又三。

后唐

李承勖　二首

如梦令

曾宴桃源深洞。一曲清歌舞凤。长记别伊时，和泪出门相送。如梦。如梦。残月落花烟重。

五代词嗣响唐贤，悉可被之乐章，重在音节谐美，不在雕饰字句。而能手作之，声文并茂。此词“残月落花”句以闲淡之景，寓浓丽之情，遂启后代词家之秘钥。

一叶落

一叶落。搴珠箔。此时景物正萧索。画楼月影寒，西风吹罗幕。吹罗幕。往事思量着。

《花庵》及皋文《词选》皆录南唐二主，未录后唐。董毅《续词选》录庄宗《如梦令》一首。庄宗尚有《一叶落》词，其佳处在结句与《如梦令》同一机局。“残月落花”句寓情于景，用兴体也。“往事思量”句直书己意，用赋体也。因悲愁而怀旧，情耶怨耶？在“思量”两字中索之。

后晋

和凝 六首

小重山

春入神京万木芳。禁林莺语滑，蝶飞狂。晓花擎露妬啼妆。红日永，风和百花香。　　烟锁柳丝长。御沟澄碧水，转池塘。时时微雨洗风光。天衢远，到处引笙簧。

和凝当后晋全盛之时，身居相位，此作乃承平《雅》《颂》声也。

喜迁莺

晓月坠，宿云披。银烛锦屏帏。建章钟动玉绳低。宫漏出花迟。　　春态浅。来双燕。红日渐长一线。严妆欲罢啭黄鹂。飞上万年枝。

《草堂诗馀》云："此作与《小重山》词意相似。"

渔　父

白芷汀寒立鹭鸶。蘋风轻剪浪花时。烟幂幂，日迟迟。香引芙蓉惹钓丝。

凡赋《渔父》词者，多作高隐之语。此词专赋本题，鹭立寒汀，蘋风剪浪，写水天风景，而扁舟蓑笠翁宛在其间。结句袅袅竿丝，摇曳于芙蓉香里，颇堪入画也。

天仙子

洞口春红飞蔌蔌。仙子含愁眉黛绿。阮郎何事不归来，懒烧金，慵篆玉。流水桃花空断续。

花雨霏红，愁眉锁绿，年年流水依然，奈阮郎不返。写闺思而托之仙子，不作喁喁尔汝语，乃词格之高。

薄命女

天欲晓。宫漏穿花声缭绕。窗里星光少。冷露寒侵帐额，残月光沉树杪。梦断锦帷空悄悄。强起愁眉小。

词写天曙之状。先言窗内，次言窗外，皆描写景物。至“愁眉”句始表明闺怨。小令中于末句见本意者甚多，《草堂诗馀》云：“此词颇尽宫中幽怨之意。”

春光好

蘋叶软，杏花明。画船轻。双浴鸳鸯出绿汀。棹歌声。　　春水无风无浪，春天半雨半晴。红纷相随南浦晚，几含情。

前半写烟波画船，见春光之好。后言浪静风微，乍晴乍雨，确是江南风景，绝好惠崇之图画也。

前蜀

韦庄 十六首

天仙子

蟾采霜华夜不分。天外鸿声枕上闻。绣衾香冷懒重熏。人寂寂，叶纷纷。才睡依前梦见君。

月冷霜严，雁啼月落，写长夜见闻之凄寂。注重在结句醒而复睡，依旧梦之，可知其“长毋相忘”也。

定西番

挑尽金灯红烬，人灼灼，漏迟迟。未眠时。斜倚银屏无语，闲愁上翠眉。闷杀梧桐残雨，滴相思。

佳处亦在结句，情景兼到，与飞卿《更漏子》词“空阶滴到明”句相似。

菩萨蛮 四首

红楼别夜堪惆怅。香灯半卷流苏帐。残月出门时。美人和泪辞。　　琵琶金翠羽。弦上黄莺语。劝我早归家。绿窗人似花。

人人尽说江南好。游人只合江南老。春水碧于天。画船听雨眠。　　炉边人似月。皓腕凝霜雪。未老莫还乡。还乡须断肠。

如今却忆江南乐。当时年少春衫薄。骑马倚斜桥。满楼红袖招。　　翠屏金屈曲。醉入花丛宿。此度见花枝。白头誓不归。

洛阳城里春光好。洛阳才子他乡老。柳暗魏王堤。此时心转迷。　　桃花春水绿。水上鸳鸯浴。凝恨对残晖。忆君君不知。

端己奉使入蜀，蜀王羁留之，重其才，举以为相，欲归不得，不胜恋阙之思。此《菩萨蛮》词四章，乃隐寓留蜀之感。首章言奉使之日，僚友赠行，家人泣别，出门惘惘，预订归期。次章“江南好”指蜀中而言。皓腕相招，喻蜀王縻以好爵；还乡肠断，言中原板荡，阻其归路。“未老莫还乡”句犹冀老年归去。而三章言“白头誓不归”者，以朱温篡位，朝市都非，遂决意居蜀，应楼中红袖之招。见花枝而一醉，喻留相蜀王，但身不能归，而怀乡望阙之情，安能恝置？故四章致其乡国之思。洛池风景，为唐初以来都城胜处，魏堤柳色，回首依依。结句言“忆君君不知”者，言君

菩萨蛮(人人尽说江南好)

门万里，不知羁臣恋主之忧也。

木兰花

独上小楼春欲暮。愁望玉关芳草路。消息断，不逢人，却敛细眉归绣户。　　坐看落花空太息。罗袂湿斑红泪滴。千山万水不曾行。魂梦欲教何处觅。

此词意欲归唐，与《菩萨蛮》第四首同。结句言水复山重，梦魂难觅，与沈休文诗“梦中不识路，何以慰相思”，皆情至之语。

思帝乡

云髻坠，凤钗垂。髻坠钗垂无力，枕函欹。翡翠屏深月落，漏依依。说尽人间天上，两心知。

调倚《思帝乡》，当是思唐之作，而托为绮词。身既相蜀，焉能求谅于故君，结句言此心终不忘唐，犹李陵降胡，未能忘汉也。

上行杯

芳草灞陵春岸。柳烟深，满楼弦管。一曲离声肠寸断。　　今日送君千万。红缕玉盘金镂盏。须劝。珍重意，莫辞满。

玩其词意，今日送君而忆及当日灞陵饯别，殆在蜀中送友归国，回思奉使之日，灞桥折柳，何等伤怀，君今无恙还乡，勿辞饮满，愈见己之穷年羁泊为可悲也。

荷叶杯

绝代佳人难得。倾国。花下见无期。一双愁黛远山眉。不忍更思惟。　　闲掩翠屏金凤。残梦。罗幕画堂空。碧天无路信难通。惆怅旧房栊。

前　调

记得那年花下。深夜。初识谢娘时。水堂西面画帘垂。携手暗相期。　　惆怅晓莺残月。相别。从此隔音尘。如今俱是异乡人。相见更无因。

小重山

一闭昭阳春又春。夜寒宫漏永，梦君恩。卧思陈事暗消魂。罗衣湿，红袂有啼痕。　　歌吹隔重阍。绕庭芳草绿，倚长门。万般惆怅向谁论。凝情立，宫殿欲黄昏。

望远行

欲别无言倚画屏。含恨暗伤情。谢家庭树锦鸡鸣。残月落边城。　　人欲别，马频嘶。绿槐千里长堤。出门芳草路萋萋。云雨别来易东西。不忍别君后，却入旧香闺。

《古今词话》称韦庄为蜀王所羁，庄有爱姬，姿质艳美，兼工词翰。蜀王闻之，托言教授宫人，强夺之去。庄追念悒怏，作《荷叶杯》诸词，情意凄怨。《荷叶杯》之第一首言含怨入宫，次首回忆初见之时。《小重山》词则明言"一闭昭阳"，经年经岁，"红袂""黄昏"等句，设想其深宫之幽恨。《望远行》亦纪送别之时。四词中《荷叶杯》之前首及《小重山》，尤为凄恻。

谒金门

春雨足。染就一溪新绿。柳外飞来双羽玉。弄晴相对浴。　　楼外翠帘高轴。倚遍阑干几曲。云淡水平烟树簇。寸心千里目。

此录其首章也。观其次首，有“天上嫦娥人不识”及“不忍把君书迹”句，则此首亦怀人之作。写春晴景物，倚阑凝望，而相忆之情目见。

清平乐

野花芳草。寂寞关山道。柳吐金丝莺语早。惆怅香闺暗老。　　罗带悔结同心。独凭朱阑思深。梦觉半床斜月，小窗风触鸣琴。

此录其次章也。其首章云“故国音书隔”，又云“驻马西望销魂”，知此章亦思唐之意。其言悔结同心，倚阑深思者，身仕霸朝，欲退不可，徒费深思，迨梦觉而风琴触绪，斜月在窗，写来悲楚欲绝。

浣溪沙

夜夜相思更漏残。伤心明月凭阑干。想君思我锦衾寒。　　咫尺画堂深似海，忆来惟把旧书看。几时携手入长安。

端己相蜀后，爱妾生离，故乡难返，所作词本此两意为多。此词冀其“携手入长安”，则两意兼有。端己哀感诸作，传播蜀宫，姬见之益恸，不食而卒。惜未见端己悼逝之篇也。

王衍 一首

醉妆词

者边走。那边走。只是寻花柳。那边走。者边走。莫厌金杯酒。

极写游宴忘归之致。自适其乐耶？意有所讽耶？音节谐婉，有古乐府遗意。

薛昭蕴　七首

女冠子

求仙去也。翠钿金篦尽舍。入岩峦。雾卷黄罗帔，云雕白玉冠。　　野烟溪洞冷，林月石桥寒。静夜松风下，礼天坛。

上阕平叙舍家入道。下阕“野烟”二句，不用香灯、梵唱等语，而虚写山野景色，自有出尘之致。结句松风静夜，顶礼天坛，想见黄绝入道、礼星瑶殿时也。偶忆近人诗：“花雨封瑶砌，香云护石坛。春风吹佛面，龙女鬓鬟寒。”同此静境。鹿虔扆、尹鹗皆有《女冠子》词，殆道女为当时风尚耶？

浣溪沙 四首

粉上依稀有泪痕。郡庭花落欲黄昏。远情深恨与谁论。　　记得去年寒食节，延秋门外卓金轮。日斜人散暗消魂。

握手河桥柳似金。蜂须轻惹百花心。蕙风兰思寄清琴。　　意满便同春水满，情深还似酒杯深。楚烟湘月两沉沉。

江馆清秋缆客船。故人相送夜开筵。麝烟兰焰簇花钿。　　正是断魂迷楚雨，不堪离恨咽湘弦。月高霜白水连天。

越女淘金春水上。步摇云鬓佩鸣珰。渚风江草又清香。　　不为远山凝翠黛，只应含恨向斜阳。碧桃花谢忆刘郎。

第一首纪初别，泪痕界粉，起句便从对面着笔，则"日斜人散"，消魂者不独一人也。二首纪重逢，"蜂须"句取譬微婉；下阕水满杯深，词笔亦酣墨饱；结句"楚烟湘月"，以荡漾之笔作结，非特语极含蓄，且引起下首楚江送别之意。三首纪送别，其第一首言"延安秋门"，此言"楚雨"，当是由秦地而之三楚；其第二首言"思寄清琴"，此言"湘弦""离恨"，当是远行者雅善鼓琴，月高霜白之宵，七条弦上，宜其离心凄咽也。四首从行者着想，步摇插花，虽依然盛饰；而碧桃花下，斜阳凝盼，料知忆及刘郎，则己之湘云南望，离怀从可知矣。四首皆情殷语婉，六朝之余韵也，作者有《谒金门》调，结句云"早是相思肠欲断，忍教频梦见"，情致与此四词相似。

小重山

春到长门春草青。玉阶花露滴，月胧明。东风吹断紫箫声。宫漏促，帘外晓啼莺。　　愁极梦难成。红妆流宿泪，不胜情。手挼裙带绕花行。思君切，罗幌暗尘生。

前　调

秋到长门秋草黄。画梁双燕去，出宫墙。玉箫无复理霓裳。金蝉坠，鸾镜掩休妆。　　忆昔在昭阳。舞衣红绶带，绣鸳鸯。至今犹惹御炉香。魂梦断，愁听漏更长。

两调之首句，非特相应，且音节入古。"裙带"句旧恨新愁，一时并赴，皆在绕花徐步之时。"尘生"句即"君王不到，草与阶平"之意。次首之下阕，忆昔年之荣宠，见今日之悲凉。"炉香"句恋罗袂之余薰，惜檀槽之余暖，怨而不怒，诗之教也。

牛峤 六首

江城子

鵁鶄飞起郡城东。碧江空。半滩风。越王宫殿，蘋叶藕花中。帘卷水楼鱼浪起，千片雪，雨濛濛。

越王台在越溪畔。四、五句谓霸图消歇，遗殿无存，但见红藕翠蘋，凄迷野水，与李白咏勾践诗“宫女如花满春殿，只今惟有鹧鸪飞”皆怀古苍凉之作。此词兼咏越溪风物，风吹雪浪，在空濛烟雨中，诗情与画景兼之。

望江怨

东风急。惜别花时手频执。罗帷愁独入。马嘶残雨春芜湿。倚门立。寄语薄情郎，粉香和泪泣。

当花时春好，而郎偏远出，临岐执手殷勤，留君不住，看驱马向平芜而去。懒入虚帏，姑立门前凝望，泪痕湿粉，而行者已遥，惟有寄语使知，以明我之相忆耳。三十五字中，次第写来，情调凄恻。

定西番

紫塞月明千里，金甲冷，戍楼寒。梦长安。乡思望中天阔，漏残星亦残。画角数声呜咽，雪漫漫。

唐五代时，边患迄无宁岁。诗人边塞之作，辄为思妇、征夫写其哀怨。夜月黄沙，角声悲奏，最易动战士之怀。如“碛里征人三十万，一时回首月中看”及“落日秋原画角声”句，皆状绝塞悲凉之景。此词之“紫塞月明”“角声呜咽”，亦同此意也。

菩萨蛮二首

舞裙香暖金泥凤。画梁语燕惊残梦。门外柳花飞。玉郎犹未归。　　愁匀红粉泪。眉剪春山翠。何处是辽阳。锦屏春昼长。

绿云鬓上飞金雀。愁眉敛翠春烟薄。香阁掩芙蓉。画屏山几重。　　窗寒天欲曙。犹结同心苣。啼粉污罗衣。问郎何日归。

更漏子

南浦情，红粉泪。争奈两人深意。低翠黛，卷征衣。马嘶霜叶飞。　　招手别。寸肠结。还是去年时节。书托雁，梦归家。觉来江月斜。

晚唐五代之际，神州云扰，忧时之彦，陆沉其间，既谠论之不容，借徘语以自晦，其心良苦。温飞卿《菩萨蛮》词及《更漏子》乃感士之不遇，兼怀君国。此三词哀思绮恨，殆亦同之。

张泌　五首

浣溪沙

马上凝情忆旧游。照花淹竹小溪流。钿筝罗幕玉搔头。　　早是出门长带月，可堪分袂又经秋。晚风斜日不胜愁。

前　调

翡翠屏开绣幄红。谢娥无力晓妆慵。锦帷鸳被宿香浓。　　微雨小庭春寂寞，燕飞莺语隔帘栊。杏花凝恨倚东风。

前　调

偏戴花冠白玉簪。睡容新起意沉吟。翠钿金缕镇眉心。　　小槛日斜风悄悄，隔帘零落杏花阴。断香轻碧锁愁深。

观“马上凝情”首句，则第一首自写离怀，次首乃代伊人着

浣溪沙（马上凝情忆旧游）

想。论其词意，可见离情之绵邈，往事之低徊；论其词句，可见晓起之娇慵，妆饰之妍华，风光之明媚，皆以清秀之笔写之。五代词之小令，每于末句见本意。此三词于首句见本意。观首句明言“忆旧游”，则以下皆回忆从前，乃倒装章法也。

南歌子

柳色遮楼暗，桐花落砌香。画堂开处远风凉。高卷水精帘额、衬斜阳。

前　调

岸柳拖烟绿，庭花照日红。数声蜀魄入帘栊。惊断碧窗残梦、画屏空。

二词写明丽之韶光。“帘额斜阳”尤推秀句。结句云“残梦屏空”，则花明柳暗，皆春色恼人耳。

牛希济 二首

生查子

春山烟欲收，天淡星稀小。残月脸边明，别泪临清晓。　　语已多，情未了。回首犹重道。记得绿罗裙，处处怜芳草。

前　调

新月曲如眉，未有团栾意。红豆不堪看，满眼相思泪。　　终日劈桃穰。人在心儿里。两朵隔墙花，早晚成连理。

上首言清晓欲别，次第写来，与《片玉词》之“泪花落枕红绵冷”词格相似。下阕言行人已去，犹回首丁宁，可见眷恋之殷。结句见天涯芳草，便忆及翠裙，表“长毋相忘”之意。第二首妍词妙喻，深得六朝短歌遗意，五代词中希见之品。

尹鹗 二首

满宫花

月沉沉，人悄悄。一炷后庭香袅。风流帝子不归来，满地禁花慵埽。　　离恨多，相见少。何处醉迷三岛。漏清宫树子规啼，愁锁碧窗春晓。

临江仙

深秋寒夜银河静，月明深院中庭。西窗幽梦等闲成。逡巡觉后，特地恨难平。　　红烛半条残焰短，依稀暗背银屏。枕前何事最伤情。梧桐叶上，点点露珠零。

二词一写宫怨，一写闺怨。其时身值乱离，怀人恋阙，每缘情托讽。二词皆清丽为邻。《临江仙》之结句，尤有婉约之思。“只有一枝梧叶，不知多少秋声”，与“零露”句同感也。

李珣　十二首

南乡子八首

倾绿蚁，泛红螺。闲邀女伴簇笙歌。避暑信船轻浪里。闲游戏。夹岸荔支红蘸水。

渔市散，渡船稀。越南云树望中微。行客待潮天欲暮。迷春浦。愁听猩猩啼瘴雨。

拢云髻，背犀梳。焦红衫映绿罗裾。越王台下春风暖。花盈岸。游赏每邀邻女伴。

相见处，晚晴天。刺桐花下越台前。暗里回眸深属意。遗双翠。骑象背人先过水。

双髻坠，小眉弯。笑随女伴下春山。玉纤遥指花深处。争回顾。孔雀双双迎日舞。

山果熟，水花香。家家风景有池塘。木兰舟上珠帘卷。歌声远。椰子酒倾鹦鹉盏。

新月上，远烟开。惯随潮水采珠来。棹穿花过归溪口。沽春酒。小艇缆牵垂岸柳。

携笼去，采菱归。碧波风起雨霏霏。趁岸小船齐棹急。罗衣湿。出向桄榔树下立。

咏南荒风景，唐人诗中以柳子厚为多。五代词如欧阳炯之《南乡子》、孙光宪之《菩萨蛮》，亦咏及之。惟李珣词有十七首之多，今录八首。荔子轻红，桄榔深碧，猩啼暮雨，象渡瘴溪，更萦以艳情，为词家特开新采。

浣溪沙 二首

访旧伤离欲断魂。无因重见玉楼人。六街微雨镂香尘。　　早为不逢巫峡梦，那堪虚度锦江春。遇花倾酒莫辞频。

红藕花香到槛频。可堪闲忆似花人。旧欢如梦绝音尘。　　翠叠画屏山隐隐，冷铺文簟水潾潾。断魂何处一蝉新。

"微雨镂尘"，琢句殊新。"频"字韵相思无益，不如沉醉消愁。《珠玉词》"酒筵歌席莫辞频"亦即此意。次首"屏山""文簟"句虽眼前景物，如隔山水万重，小桥南畔，不异天涯也。作者言情之词，尚有《酒泉子》《西溪子》《河传》《巫山一段云》诸首，皆意境易尽，不若此词之蕴藉。

定风波

雁过秋空夜未央。隔窗烟月锁莲塘。往事岂堪容易想。惆怅。故人迢递在潇湘。　　纵有回文重叠意。谁寄。解鬟临镜泣残妆。沉水香消金鸭冷。愁水。候虫声接杵声长。

前　调

帘外烟和月满庭。此时闲坐若为情。小阁拥炉残酒醒。愁听。寒风叶落一声声。　　惟恨玉人芳信阻。云雨。屏帷寂寞梦难成。斗转更阑心杳杳。将晓。银缸斜照绮翠横。

此二词在每阕中间以两字句换韵，节奏若急柱鸣筝，词意亦随之转换，有短歌意味。

毛文锡 四首

醉花间

休相问。怕相问。相问还添恨。春水满塘生，鸂鶒还相趁。　昨夜雨霏霏，临明寒一阵。偏忆戍楼人，久绝边庭信。

前　调

深相忆。莫相忆。相忆情难极。银汉是红墙，一带遥相隔。金盘珠露滴。两岸榆花白。风摇玉佩清，今夕为何夕。

前一首言已拼得不相闻问。人苦独居，不及相趁之鸂鶒，而晓来过雨，忽念征人远戍，寒到君边，虽言“休相问”，安能不问？越抛开，越是缠绵耳。后一首言红墙遥隔，明知相忆徒劳，然风露良宵，安能忘却？则不相忆者，实相忆之深也。

更漏子

春夜阑，春恨切。花外子规啼月。人不见，梦难

更漏子(春夜阑)

凭。红纱一点灯。　　偏怨别。是芳节。庭下丁香千结。宵雾散，晓霞晖。梁间双燕飞。

上阕言春夜之怀人。质言之，人既不见，虚索之梦又无凭，则当前相伴，惟此一点纱灯，照我迷离梦境耳。下阕言春日之怀人，霞明雾散，见燕双而人独也。

临江仙

暮蝉声尽落斜阳。银蟾影挂潇湘。黄陵庙侧水茫茫。楚山红树，烟雨隔高唐。　　岸泊渔灯风飐碎，白蘋远散浓香。灵娥鼓瑟韵清商。朱弦凄切，云散碧天长。

五代词多哀感顽艳之作。此调则清商弹湘瑟哀弦，夜月访黄陵遗庙，扬舲楚泽，泠然有疏越之音，与谪仙之“白云明月吊湘娥”同其逸兴。

魏承班　一首

生查子

烟雨晚晴天，零落花无语。难话此时心，梁燕双来去。

琴韵对薰风，有恨和情抚。肠断断弦频，泪滴黄金缕。

上阕花落燕飞，有《珠玉词》“无可奈何花落去，似曾相识燕归来”之意。下阕怀旧而兼悼逝，殆有凤尾留香之感耶？

后蜀

顾敻 十一首

荷叶杯二首

夜久歌声怨咽。残月。菊冷露微微。看看湿透缕金衣。归摩归。归摩归。

一去又乖期信。春尽。满院长莓苔。手挼裙带独徘徊。来摩来。来摩来。

露湿罗衣，见凝盼之久；手挼裙带，见企怀之深。而“归摩归”“来摩来”两句，为全首传神之笔。

杨柳枝

秋夜香闺思寂寥。漏迢迢。鸳帷罗幌麝烟消。烛光摇。　正忆玉郎游荡去。无寻处。更闻帘外雨潇潇。滴芭蕉。

醉公子

漠漠秋云淡。红藕香侵槛。枕倚小山屏。金铺向晚扃。　　睡起横波慢。独望情何限。衰柳数声蝉。魂消似去年。

前　调

岸柳垂金线。雨晴莺百啭。家住绿杨边。往来多少年。　　马嘶芳草远。高楼帘半卷。敛袖翠蛾攒。相逢尔许难。

此三调意境相似。《杨柳枝》"鸳帷"二句与《醉公子》之"小山屏"二句皆言室内孤凄之况,《杨柳枝》之"帘外芭蕉"句与《醉公子》之"衰柳蝉声"句皆言室外萧瑟之音。两词皆在说明玉郎一去,相逢之难,其本意亦同。以词句论,则《醉公子》调"红藕""秋云"之写景,"攒蛾""倚枕"之含情,胜于《杨柳枝》调。其"衰柳""魂消"二句,尤神似《金荃》。

浣溪沙

红藕香寒翠渚平。月笼虚阁夜蛩清。塞鸿惊梦两牵情。　　宝帐玉炉残麝冷，罗衣金缕暗尘生。小窗孤烛泪纵横。

前　调

云淡风高叶乱飞。小庭寒雨绿苔微。深闺人静掩屏帷。　　粉黛暗愁金带枕，鸳鸯空绕画罗衣。那堪孤负不思归。

两调中惟“牵情”“思归”二句见其本怀。“宝帐”“罗衣”等句皆以秾丽之笔，寓宛转之思。两调之起笔写景皆清俊，“飞”“微”二韵尤佳。

河　传

燕飏。晴景。小窗屏暖，鸳鸯交颈。菱花掩却翠鬟欹，慵整。海棠帘外影。　　绣帷香断金鸂鶒。无消息。心事空相忆。傍东风。春正浓。愁红。泪痕衣上重。

前　调

棹举。舟去。波光渺渺，不知何处。岸花汀草共依依。雨微。鹧鸪相逐飞。　　天涯离恨江声咽。啼猿切。此意向谁说。倚兰桡。独无聊。魂消。小炉香欲焦。

此调之用笔，如短兵再接，音节如促柱么弦，须在急拍中以词心一缕萦之。两调之收笔三句，皆情景双得。“愁红”“魂消”固为押韵句，即连下句诵之，亦殊有致。

木兰花

月照玉楼春漏促。飒飒风摇庭砌竹。梦惊鸳被觉来时，何处管弦声断续。　　惆怅少年游冶去，枕上两蛾攒细绿。晓莺帘外语花枝，背帐犹残红蜡烛。

临江仙

碧染长空池似镜，倚楼闲望凝情。满衣红藕细香清。象床珍簟，山障掩，玉琴横。　　暗想昔时欢笑事，如今赢得愁生。博山炉暖淡烟轻。蝉吟人静，残日傍，小窗明。

两词皆怀人之作，前半写景，后半言情，布局皆同。其佳处皆在结句：已莺啼破晓，而残烛犹明，锦衾待旦，其独眠人起可知。《临江仙》之“蝉吟”三句写悄无人处，但有蝉声，斜日在窗，愁人独倚，其风怀掩抑可知矣。

鹿虔扆　一首

临江仙

金锁重门荒苑静，绮窗愁对秋空。翠华一去寂无踪。玉楼歌吹，声断已随风。　　烟月不知人事改，夜阑还照深宫。藕花相向野塘中。暗伤亡国，清露泣香红。

周道《黍离》之感，唐宋以来，多见于诗歌。在词中，惟南唐后主亡国失家，语最沉痛。虔扆词亦善感乃尔。诵“露泣香红”句与“独与铜人相对泣，凄凉残月下金盘”，其音皆哀以思也。

阎选　一首

定风波

江水沉沉帆影过。游鱼到晚透寒波。渡口双双飞白鸟。烟袅。芦花深处隐渔歌。　　扁舟短棹归兰浦。人去。萧萧竹径透青莎。深夜无风新雨歇。凉月。露迎珠颗入圆荷。

纯是写景，惟“人去”二字见本意。在陆则莎满径荒，在水则露寒月冷，一片萧寥之状，殆有感于王根、樊重之家，一朝零落，人去堂空，作者如燕子归来凭吊耶？

定风波（江水沉沉帆影过）

毛熙震 三首

菩萨蛮

梨花满院飘香雪。高楼夜静风筝咽。斜月照帘帷。忆君和梦稀。　　小窗灯影背。燕语惊愁态。屏掩断香飞。行云山外归。

《菩萨蛮》词宜以风华之笔，运幽丽之思，此作颇似飞卿。“香断”“云归”句尤为俊逸。

清平乐

春光欲暮。寂寞闲庭户。粉蝶双双穿槛舞。帘卷晚天疏雨。　　含愁独倚闺帷。玉炉烟断香微。正是消魂时节，东风满院花飞。

仅为清稳之作，结意含蓄，自是正轨。

临江仙

幽闺欲曙闻莺啭，红窗月影微明。好风频谢落花声。隔帷残烛，犹照绮屏筝。　　绣被锦茵眠玉暖，炷香斜袅烟轻。淡蛾羞敛不胜情。暗思闲梦，何处逐行云。

月斜将曙，而残烛犹明，隐寓怀人不寐之意。结句梦逐行云，即已亦不知其处。上、下阕之结句，皆善用迂回之笔。

欧阳炯　五首

三字令

春欲尽，日迟迟。牡丹时。罗幌卷，翠帘垂。采笺书。红粉泪，两心知。　　人不在，燕空归。负佳期。香烬落，枕函欹。月分明，花淡薄，惹相思。

十六句皆三字，短兵相接，一句一意，如以线贯珠，粒粒分明，仍一丝萦曳，录之以备赋此调者取则。

南乡子

画舸停桡。槿花篱外竹横桥。水上游人沙上语。回顾。笑指芭蕉林里住。

前　调

岸远沙平。日斜归路晚霞明。孔雀自怜金翠尾。临水。认得行人惊不起。

前　调

路入南中。桄榔叶暗蓼花红。两岸人家微雨后。收红豆。树底纤纤抬素手。

前　调

袖敛鲛绡。采香深洞笑相邀。藤杖枝头芦酒滴。铺葵席。豆蔻花间趖晚日。

写蛮乡新异景物，以妍雅之笔出之。较李珣《南乡子》词尤佳。

欧阳彬 一首

生查子

竟日画堂欢，入夜重开宴。剪烛蜡烟香，促席花光颤。　　待得月华来，满院如铺练。门外簇骅骝，直待更深散。

专叙豪家张宴，竟日狂欢，夜午始散，士大夫沉酣如是，宜五代之政衰祚促也。

孟昶　一首

木兰花

冰肌玉骨清无汗，水殿风来暗香满。绣帘一点月窥人，欹枕钗横云鬓乱。　　起来琼户启无声，时见疏星渡河汉。屈指西风几时来，只恐流年暗中换。

水香吹鬓，明月窥帘，幽静而兼绮丽，可谓良夜千金矣。而抡指西风，有赵孟视荫之感，知偏霸之不长也。〇苏东坡《洞仙歌》词自序曰："仆七岁时，见眉山老尼，姓朱，忘其名，年九十余。自言尝随其师入蜀主孟昶宫中。一日大热，蜀主与花蕊夫人夜起避暑摩诃池上，作一词，朱具能记之。今四十年，朱已死久矣，人无知此词者。但记其首二句。暇日寻味，岂《洞仙歌令》乎？乃为足之云。"词云："冰肌玉骨，自清凉无汗，水殿风来暗香满。绣帘开、一点明月窥人，人未寝，欹枕钗横鬓乱。　　起来携素手，庭户无声，时见疏星渡河汉。试问夜如何，夜已三更，金波淡、玉绳低转。但屈指、西风几时来，又不道流年，暗中偷换。"

南唐

冯延巳　五十首

三台令

春色春色。依旧青门紫陌。日斜柳暗花嫣。醉卧谁家少年。年少年少。行乐直须及早。

前　调

明月明月。照得离人愁绝。更深影入空床。不道帷屏夜长。长夜长夜。梦到庭花阴下。

前　调

南浦南浦。翠鬟离人何处。当时携手高楼。依旧楼前水流。流水流水。中有伤心双泪。

此调第五句倒用叠字，承上启下，如溪曲行舟，一折而景色顿异。结句见本意，乃此词主体也。

归国谣

何处笛。深夜梦回情脉脉。竹风檐雨寒窗滴。离人几岁无消息。今头白。不眠特地重相忆。

前　调

江水碧。江上何人吹玉笛。扁舟远送潇湘客。芦花千里霜月白。伤行色。来朝便是关山隔。

长相思

红满枝。绿满枝。宿雨恹恹睡起迟。闲庭花影移。　　忆归期。数归期。梦见虽多相见稀。相逢知几时。

以上三词,皆挥毫直书,不用回折之笔,而情意自见。格高气盛,嗣响唐贤。

抛球乐

酒罢歌余兴未阑。小桥秋水共盘桓。波摇梅药伤心白，风入罗衣贴体寒。且莫思归去，须尽笙歌此夕欢。

前　调

逐胜归来雨未晴。楼前风重草烟轻。谷莺语软花边过，水调声长醉里听。款举金觥劝，谁是当筵最有情。

前　调

梅落新春入后庭。眼前风物可无情。曲池波晚冰还合，芳草迎船绿未成。且上高楼望，相共凭阑看月生。

前　调

霜积秋山万树红。倚岩楼上挂朱栊。白云天远重重恨，黄叶烟深淅淅风。仿佛梁州曲，吹在谁家玉笛中。

前　调

尽日登高兴未残。红楼人散独盘桓。一钩冷雾悬珠箔，满面西风凭玉阑。归去须沉醉，小院新池月乍寒。

前　调

坐对高楼千万山。雁飞秋色满阑干。烧残红烛暮云合，飘尽碧梧金井寒。咫尺人千里，犹忆笙歌昨夜欢。

前三首听歌对月，纪欢娱之情；后三首人散酒阑，写离索之感，能于劲气直达中含情寄慨，故不嫌其坦直，此五代气格之高也。

采桑子

小庭雨过春将尽，片片花飞。独折残枝。无语凭阑只自知。　　玉堂香暖珠帘卷，双燕来归。后约难期。肯信韶华得几时。

上阕花枝已残而独折取，其云自知者，当别有思存；下阕知韶华之易逝，则君宜早归，警告之切，正相忆之深。

抛球乐（坐对高楼千万山）

前　调

马嘶人语春风岸，芳草绵绵。杨柳桥边。落日高楼酒旆悬。　　旧愁新恨知多少，目断遥天。独立花前。更听笙歌满画船。

“酒旗催日下城头”，人称佳句。此词“落日高楼”句尤为浑成。下阕“笙歌”句在新愁旧恨中闻之，只增切怛耳。

前　调

酒阑睡觉天香暖，绣户慵开。香印成灰。独背寒屏理旧眉。　　朦胧却向灯前卧，窗月徘徊。晓梦初回。一夜东风绽早梅。

上阕“旧眉”句寒屏独掩，尚理残妆，与耆卿“衣带渐宽终不悔”皆蔼然忠厚之言。下阕在孤灯映月、低回不尽之时，而以东风梅绽、空灵之笔作结，非特含蓄，且风度嫣然，自是词手。

前　调

小堂深静无人到，满院春风。惆怅墙东。一树樱桃带雨红。　　愁心似醉兼如病，欲语还慵。日暮疏钟。双燕归栖画阁中。

前　调

画堂灯暖帘栊卷，禁漏丁丁。雨罢寒生。一夜西窗梦不成。　　玉娥重起添香印，回倚孤屏。不语含情。水调何人吹笛声。

前　调

花前失却游春侣，独自寻芳。满目悲凉。纵有笙歌亦断肠。　　林间戏蝶帘间燕，各自双双。忍更思量。绿树青苔半夕阳。

“小堂”一首，羡双燕之归来。“画堂”一首，怅谁家之吹笛，通首仅寓孤闷之怀，至末首乃见本意。江左自周师南侵，朝政日非，延巳匡救无从，怅疆宇之日蹙，第六首“夕阳”句寄慨良深，不得以绮语目之。

谒金门

风乍起。吹皱一池春水。闲引鸳鸯芳径里。手挼

谒金门（风乍起）

红杏药。　　斗鸭阑干独倚。碧玉搔头斜坠。终日望君君不至。举头闻鹊喜。

前　调

杨柳陌。宝马嘶空无迹。新著荷衣人未识。年年江海客。　　梦觉巫山春色。醉眼飞花狼藉。起舞不辞无气力，爱君吹玉笛。

“风乍起”二句破空而来，在有意无意间，如絮浮水，似沾非著，宜后主盛加称赏。此在南唐全盛时作。“喜闻鹊报”及“为君起舞”句殆有束带弹冠之庆及效忠尽瘁之思也。

清平乐

雨晴烟晚。绿水新池满。双燕飞来垂柳院。小阁画帘高卷。　　黄昏独倚朱阑。西南新月眉弯。砌下落花风起，罗衣特地春寒。

纯写春晚之景。“花落春寒”句论词则秀韵珊珊，窥词意或有忧谗自警之思乎？

菩萨蛮

金波远逐行云去。疏星时作银河渡。花影卧秋千。更长人不眠。　　玉筝弹未彻。凤髻横钗脱。忆梦翠蛾低。微风吹绣衣。

上阕仅言清夜无眠，下阕仅言手倦妆慵，至结句始言回忆梦中情景，至风吹绣衣而不觉，可见低眉愁思之深且久也。

玉楼春

雪云乍变春云簇。渐觉年华堪纵目。北枝梅蕊犯寒开，南浦波纹如酒绿。　　芳菲次第长相续。自是情多无处足。尊前百计得春归，莫为伤春眉黛蹙。

词借春光以托讽，“足”字韵戒贪求之无厌。“尊前”二句既盼春来，又伤春去，患得患失之心，宁有尽时耶。

鹊踏枝

梅落繁枝千万片。犹自多情，学雪随风转。昨夜笙歌容易散。酒醒添得愁无限。　　楼上春山寒四面。过尽征鸿，暮景烟深浅。一晌凭栏人不见。红绡掩泪思量遍。

前　调

萧索清秋珠泪坠。枕簟微凉，展转浑无寐。残酒欲醒中夜起。月明如练天如水。　　阶下寒声啼络纬。庭树金风，悄悄重门闭。可惜旧欢携手地。思量一夕成憔悴。

前　调

霜落小园瑶草短。瘦叶和风，惆怅芳时换。旧恨年年秋不管。朦胧如梦空肠断。　　独立荒池斜日岸。墙外遥山，隐隐连天汉。忽忆当年歌舞伴。晚来双脸啼痕满。

前　调

芳草满园花满目。帘外微微，细雨笼庭竹。杨柳千条珠。碧池波皱鸳鸯浴。　　窈窕人家颜似玉。弦管泠泠，齐奏云和曲。公子欢筵犹未足，斜阳不用相催促。

前　调

粉映墙头寒欲尽。宫漏长时，酒醒人犹困。一点春心无限恨。罗衣印满啼妆粉。　　柳岸花飞寒食近。陌上行人，杳不传芳信。楼上重檐山隐隐。东风尽日吹蝉鬓。

写景句含宛转之情，言情句带凄清之景，可谓情景两得。第四首“欢筵未足”句意有所指，第五首结句“风吹蝉鬓”，含蕴不尽，词家妙诀也。

菩萨蛮

画堂昨夜西风过。绣帘时拂朱门锁。惊梦不成云。双蛾枕上颦。　　金炉烟袅袅。烛暗纱窗晓。残月尚弯环。玉筝和泪弹。

梨云入梦，诗词恒用之。此词不言梦醒，而言“梦不成云”，造句颇新。词中言颦眉，类皆花前月下、镜里窗前，此言枕上颦眉者，因追想梦情，故愁生枕上也。

前　调

梅花吹入谁家笛。行云半夜凝空碧。欹枕不成眠。关山人未还。　　声随幽怨绝。云断澄霜月。月影下重檐。轻风花满帘。

通首言闻笛怀人，寻常蹊径也。末二句以轻笔写幽情，便觉情思悠然。

前　调

沉沉朱户横金锁。纱窗月影随花过。烛泪欲阑干。落梅生晚寒。　　宝钗横翠凤。千里香屏梦。云雨已荒凉。江南春草长。

以江南繁华之地，作者青紫登朝，而言云雨荒凉，江南草长，满纸萧索之音，殆近降幡去国时矣。

虞美人

玉钩鸾柱调鹦鹉。宛转留春语。云屏冷落画堂空。薄晚春寒无奈落花风。　　搴帘燕子低飞去。拂镜尘鸾舞。不知今夜月眉弯。谁佩同心双结倚阑干。

临江仙

冷红飘起桃花片，青春意绪阑珊。高楼帘幕卷轻寒。酒余人散，独自倚阑干。　　夕阳千里连芳草，风光愁煞王孙。徘徊飞尽碧天云。凤城何处，明月照黄昏。

蝶恋花

窗外寒鸡天欲曙。香印成灰，起坐浑无绪。庭际高梧凝宿雾。卷帘双鹊惊飞去。　　屏上罗衣闲绣缕。一晌关情，忆遍江南路。夜夜梦魂休谩语。已知前事无寻处。

以上三首皆芬芳悱恻之音。凡词家言情之作，如韦端己之忆宠姬，吴梦窗之怀遗妾，周清真之赋柳枝娘，皆有其人。冯词未能证实，殆寄托之辞。南唐末造，冯蒿目时艰，姑以愁罗恨绮之词，寓忧盛危明之意耳。

采桑子

画堂昨夜愁无睡，风雨凄凄。林鹊争栖。落尽灯花鸡未啼。　　年光往事如流水，休说情迷。玉箸双垂。只是金笼鹦鹉知。

前　调

洞房深夜笙歌散，帘幕重重。斜月朦胧。雨过残花落地红。　　昔年无限伤心事，依旧东风。独倚梧桐。闲想闲思到晓钟。

人当暮年感旧，每独自低回。上首“金笼鹦鹉”句慨同调之凋残。次首“闲想闲思”句明知相思无益，而到晓难忘，盖情有不能自已者也。

采桑子（画堂昨夜愁无睡）

酒泉子

楚女不归。楼枕小河春水。月孤明，风又起。杏花稀。　　玉钗斜插云鬟重。裙上镂金双凤。一行书，千里梦。雁南飞。

临江仙

秣陵江上多离别，雨晴芳草烟深。路遥人去马嘶沉。青帘斜挂，新柳万枝金。　　隔江何处吹横笛，沙头惊起双禽。徘徊一晌几般心。天长烟远，凝恨独沾襟。

寻常离索之思，而能手作之，自有高浑之度。

虞美人

碧波帘幕垂朱户。帘外莺莺语。薄罗依旧泣青春。野花芳草逐年新。事难论。　　凤笙何处高楼月。幽怨凭谁说。须臾残照上梧桐。一时弹泪与东风。恨重重。

前　调

春山淡淡横秋水。掩映遥相对。只知长坐碧窗期。谁信东风吹散彩云飞。　　银屏梦与飞鸾远。只有珠帘卷。杨花零落月溶溶。尘掩玉筝弦柱画堂空。

二词皆掩抑之音，次章尤胜。方长坐相期，而彩云已散，明知梦远银屏，而尚卷帘凝望，何以自堪！结句凄韵欲绝。

南乡子

细雨湿流光。芳草年年与恨长。烟锁凤楼无限事，茫茫。鸾镜鸳衾两断肠。　　魂梦任悠扬。睡起杨花满绣床。薄倖不来门半掩，斜阳。负你残春泪几行。

起二句情景并美。下阕梦与杨花迷离一片。结句何幽怨乃尔！

更漏子

金剪刀，青丝发。香墨蛮笺亲札。和粉泪，一时封。此情千万重。　　蓬垂鬓。尘侵镜。已分今生薄命。将远恨，上高楼。寒江天外流。

前　调

风带寒，秋正好。兰蕙无端先老。云杳杳，树依依。离人殊未归。　　褰罗幕。凭朱阁。不独堪悲摇落。月东出，雁南飞。谁家夜捣衣。

前　调

雁孤飞，人独坐。看却一秋空过。瑶草短，菊花残。萧条渐向寒。　　帘幕里。青苔地。谁信闲愁如醉。星移后，月圆时。风摇夜合枝。

三首结句皆善用萧索之景，寓怅怏之怀，令人揽撷不尽。

菩萨蛮

娇鬟堆枕钗横凤。溶溶春水杨花梦。红烛泪阑干。翠屏烟浪寒。　　锦壶催画箭。玉佩天涯远。和泪试严妆。落梅飞夜霜。

前　调

西风袅袅凌歌扇。秋期正与行人远。花叶夺霜红。流萤残月中。　　兰闺人在否。千里重楼暮。翠被已消香。梦随寒漏长。

上首“杨花梦”七字情韵特佳。“严妆”句悦已无人，而犹施膏沐，有带宽不悔之心。次首“花叶”二句饶有韵致，用“夺”字颇新颖。

浣溪沙

转烛飘蓬一梦归。欲寻陈迹怅人非。天教心愿与身违。　　待月池台空逝水。荫花楼阁漫斜晖。登临不惜更沾衣。

前　调

春色迷人恨正赊。可堪浪子不还家。细风轻露著梨花。　　帘外有情双燕舞，槛前无力绿杨斜。小屏狂梦绕天涯。

不事研炼，而调高意远，唐贤之遗韵也。

忆江南

去岁迎春楼上月。正是西窗，夜凉时节。玉人贪睡坠钗云。粉消香薄见天真。　　人非风月长依旧。破镜尘筝，一梦经年瘦。今宵帘幕扬花阴。空余枕泪独伤心。

前　调

今日相逢花未发。正是去年，别离时节。东风次第有花开。恁时须约却重来。　　重来不怕花堪折。只怕明年，花发人离别。别离若向百花时。东风弹泪有谁知。

二词连缀相应，次首尤一气写出，在《阳春集》别具风调。

延巳与江南李后主为布衣交，遂登台辅。其时江介晏安，朋僚宴集，辄为乐府新词，倚丝竹而歌之，精丽飘逸，传诵一时。迨周师压境，国步日艰，所作若《三台令》《归国谣》《蝶恋花》诸调，旨隐而词微，其忧危之念，借词以发之。殁后，南唐失国，遗稿散失，后贤采辑，存者无多矣。兹录取五十首。《阳春集》为五代词中之圣，犹《清真集》之在北宋也。

李璟 六首

应天长

一钩初月临妆镜。蝉鬓凤钗慵不整。重帘静。层楼迥。惆怅落花风不定。　　柳堤芳草径。梦断辘轳金井。昨夜更阑酒醒。春愁过却病。

词写春夜之愁怀。“初月”“蝉鬓”二句先言黄昏人倦，“重帘”三句更言楼静听风。下阕闻柳堤汲井，晓梦惊回，皆昨夜之情事。至结句乃点明更阑酒醒，愁病交加。通首由黄昏至晓起回忆，次第写来，柔情宛转，与周清真之《蝶恋花》词由破晓而睡起、而送别，亦次第写来，同一格局。其结句点睛处，周词云“露寒人远鸡相应”，从行者着想；此言春愁兼病，从居者着想，词句异而言情写怨同也。

望远行

玉砌花光照眼明。朱扉长日镇长扃。余寒不去梦难成。炉香烟袅自亭亭。　　辽阳月，秣陵砧。不传消息但传情。黄金台下忽然惊。征人归日二毛生。

上阕写所处一面之情景。惟寒梦难成，醒眼无聊，但见炉烟之亭亭自袅，善写孤寂之境。其下辽阳、秣陵，始两面兼写。“传情”二字见闻砧对月，两地同怀。结句言忽见北客南来，雪窖远归，鬓丝都白，则行役之劳，与怀思之久，从可知矣。此词《花庵词选》《花草粹编》所载，有数字异同。今从旧钞二主词校定。

浣溪沙

手卷真珠上玉钩。依然春恨锁重楼。风里落花谁是主，思悠悠。　　青鸟不传云外信，丁香空结雨中愁。回首绿波三峡暮，接天流。

此调为唐教坊曲，有数名。《词谱》名《山花子》，《梅苑》名《添字浣溪沙》，《乐府雅词》名《摊破浣溪沙》，《高丽乐史》名《感恩多》，因中主有此词，又名《南唐浣溪沙》。即每句七字《浣溪沙》之别体。其结句加“思悠悠”“接天流”三字句，申足上句之意，以荡漾出之，较七字结句，别有神味。《翰苑名谈》云：“清雅可诵。”《弇州山人词评》称“青鸟”二句为：“非律诗俊语乎？然是天成一段词也，著诗不得。”

前　调

菡萏香消翠叶残。西风愁起绿波间。还与韶光共憔悴，不堪看。　　细雨梦回鸡塞远，小楼吹彻玉笙寒。多少泪珠无限恨，倚阑干。

荆公尝问山谷曰："江南词何者最好？"山谷以"一江春水向东流"为对。荆公曰："未若'细雨梦回鸡塞远，小楼吹彻玉笙寒'为妙。"冯延巳对中主语，极推重"小楼"七字，谓胜于己作。今就词境论，"小楼"句固极绮思清愁，而冯之"风乍起，吹皱一池春水"，托思空灵，胜于中主。冯语殆媚兹一人耶？

浣溪沙 春恨

风压轻云贴水飞。乍晴池馆燕争泥。沈郎多病不胜衣。　　沙上未闻鸿雁信，竹间时有鹧鸪啼。此情惟有落花知。

词人赋春恨者多矣，皆未明言，此词独标题之。首二句写景婉妙而有风韵，晚唐佳句也。值此芳辰，而沈郎多病，以病缘愁起，故下阕接以"鸿雁""鹧鸪"二语，一见天远书沉，一见欲归不得，深愁脉脉，惟有花知，未肯逢人而语，其用情之专挚可知矣。

帝台春

芳草碧色。萋萋遍南陌。飞絮乱红，也似知人，春愁无力。忆得盈盈拾翠侣，共携赏、凤城寒食。到今来，海角逢春，天涯倦客。　　愁旋释。还似织。泪暗拭。又偷滴。漫倚遍危阑，尽黄昏，也正是暮云凝碧。拼则而今已拼了，忘则怎生便忘得。又还问鳞鸿，试重寻消息。

“飞絮”三句不言诉愁与花絮，而云花絮知我春愁，自对面着想，用笔有回旋之致。转头四句皆三字一句，且多仄韵，节短而意长。论情致则婉若游丝，论笔力则劲如屈铁。“拼了”“忘得”二句春蚕丝尽，蜡炬成灰，洵情至之语。真能彻悟者，世有几人耶？

李煜　二十七首

虞美人

春花秋月何时了。往事知多少。小楼昨夜又东风。故国不堪回首明月中。　　雕阑玉砌依然在。只是朱颜改。问君能有几多愁。恰似一江春水向东流。

亡国之音，何哀思之深耶？传诵禁廷，不加悯而被祸，失国者不殉宗社，而任人宰割，良足伤矣。《后山诗话》谓秦少游词“飞红万点愁如海”出于后主“一江春水”句，《野客丛书》又谓白乐天之“欲识愁多少，高于滟滪堆”、刘禹锡之“水流无限似侬愁”，为后主词所祖，但以水喻愁，词家意所易到，屡见载籍，未必互相沿用。就词而论，李、刘、秦诸家之以水喻愁，不若后主之“春江”九字，真伤心人语也。

乌夜啼

昨夜风兼雨，帘帏飒飒秋声。烛残漏断频欹枕，起坐不能平。　　世事漫随流水，算来梦里浮生。醉乡路稳宜频到，此外不堪行。

虞美人(春花秋月何时了)

此调亦唐教坊曲名也。人当清夜自省，宜嗔痴渐泯，作者转起坐不平，虽知浮生若梦，而无彻底觉悟，惟有借陶然一醉，聊以忘忧。此词若出于清谈之名流，善怀之秋士，便是妙词。乃以国主任兆民之重，而自甘颓弃，何耶？但论其词句，固能写牢愁之极致也。

一斛珠

晚妆初过。沉檀轻注些儿个。向人微露丁香颗。一曲清歌，暂引樱桃破。　　罗袖裛残殷色可。杯深旋被香醪涴。绣床斜凭娇无那。烂嚼红绒，笑向檀郎唾。

虽绮靡之音，而上阕"破"字韵颇新颖。下阕"绣床"三句自是俊语。杨孟载袭用之，有春绣绝句云"闲情正在停针处，笑嚼红绒唾碧窗"，翻用前人词语入诗，虽能手不免。

菩萨蛮

人生愁恨何能免。消魂独我情何限。故国梦重归。觉来双泪垂。　　高楼谁与上。长记秋晴望。往事已成空。还如一梦中。

起句用翻笔。明知难免，而我自消魂，愈觉埋愁之无地。马令《南唐书》本注谓“故国”二句与《虞美人》词“小楼昨夜”二句“皆思故国者也”。

更漏子

金雀钗，红粉面。花里暂时相见。知我意，感君怜。此情须问天。　　香作穗。蜡成泪。还似两人心意。珊枕腻，锦衾寒。夜来更漏残。

《西清诗话》谓后主归朝后，嫔妾散落，追怀江国，所作词皆含思凄婉。此词殆亦入宋后作，钗影粉痕，依依在目，在亡国失家以后，香消烛尽，而两人心意，不与同消，君心我意，惟有天知，所谓疾痛则号天，宁有济耶！

临江仙

樱桃落尽春归去，蝶翻金粉双飞。子规啼月小楼西。玉钩罗幕，惆怅暮烟垂。　　门巷寂寥人散后，望残烟草低迷。炉香闲袅凤皇儿。空持罗带，回首恨依依。

《西清诗话》称后主围城中作此词，未就而城破，缺后二句。《耆旧续闻》谓家藏后主词二本，“中有临江仙，涂注数字，未尝不全”。朱竹垞《词综》云：“是词相传缺后三句，刘延仲补之。……而《耆旧续闻》所载，故是全作。”宣和御府藏后主行书二十有四纸，中有《临江仙》词。按昇州被围一年之久，词中所云门巷人稀，凄迷烟草，想见吏民星散之状，宜其低回罗带，惨不成书也。

望江南二首

多少恨，昨夜梦魂中。还似旧时游上苑，车如流水马如龙。花月正春风。

多少泪，沾袖复横颐。心事莫将和泪说，凤笙休向月明吹。断肠更无疑。

此词在唐时为单调，至宋时始为双调。后主词本单调为两首，故前、后段各自用韵。“车水马龙”句为时传诵。当年之繁盛，今日之孤凄，欣戚之怀，相形而益见，两首意本一贯也。此调有数名，一名《谢秋娘》，一名《春去也》，一名《梦江南》，一名《梦江口》，一名《江南好》，一名《望江梅》，皆取昔人词中字以命名。光绪间成漱泉刻《唐五代词选》，录后主《望江南》词四首，皆作单调。其后二首为明万历间吕氏选本所未载，附录于后，其词意似与前首不类。

闲梦远，南国正芳春。船上管弦江面绿，满城飞絮混轻尘。愁杀看花人。

闲梦远，南国正清秋。千里江山寒色暮，芦花深处泊孤舟。笛在月明楼。

清平乐

别来春半。触目愁肠断。砌下落梅如雪乱。拂了一身还满。　　雁来音信无凭。路遥归梦难成。离恨恰如春草，更行更远还生。

上段言愁之欲去仍来，犹雪花之拂了又满；下段言人之愈离愈远，犹草之更远还生，皆加倍写出离愁。且借花草取喻，以渲染词句，更见婉妙。六一词之“行人更在青山外”，东坡诗之“但见乌帽出复没”，皆言极目征人，直至天尽处，于此词春草句，俱善状离情之深挚者。

浣溪沙

红日已高三丈透。金炉次第添香兽。红锦地衣随步皱。　　佳人舞点金钗溜。酒恶时拈花蕊嗅。别殿遥闻箫鼓奏。

《扪虱新话》云："帝王文章，自有一般富贵气象。"此语诚然。但时至日高三丈，而金炉始添兽炭，官人趋走，始踏皱地衣，其倦勤晏起可知。恣舞而至金钗溜地，中酒而至齅花为解，其酣嬉如是而犹未满足，箫鼓尚闻于别殿。作者自写其得意，如穆天子之为乐未央，适示人以荒宴无度，宁止杨升庵讥其忒富贵耶？但论其词，固极豪华妍丽之致。

菩萨蛮

花明月暗笼轻雾。今宵好向郎边去。刬袜步香阶。手提金缕鞋。　　画堂南畔见。一向偎人颤。奴为出来难。教君恣意怜。

昭惠后之妹，因侍后疾而承恩，词为进御之夕作。"刬袜"二句想见花阴月暗、悄行多露之时。宫中事秘，后主乃张之以词，事传于外。继立为后之日，韩熙载为诗讽之，而后主不恤人言也。

前　调

蓬莱院闭天台女。画堂昼寝人无语。抛枕翠云光。绣衣闻异香。　　潜来珠锁动。惊觉鸳鸯梦。慢脸笑盈盈。相看无限情。

前　调

铜簧韵脆锵寒竹。新声慢奏移纤玉。眼色暗相钩。秋波横欲流。　　雨云深绣户。未便谐衷素。宴罢又成空。梦迷春睡中。

《古今词话》云:“词为继立周后作也。”幽情丽句,固为侧艳之词,赖次首末句以迷梦结之,尚未违贞则。

浪淘沙

往事只堪哀。对景难排。秋风庭院藓侵阶。一桁珠帘闲不卷,终日谁来。　　金锁已沉埋。壮气蒿莱。晚凉天净月华开。想得玉楼瑶殿影,空照秦淮。

藓阶帘静,凄寂等于长门,“金锁”二句有铁锁沉江、王气黯然之慨,回首秦淮,宜其凄咽。唐人《浪淘沙》本七言断句,至后主始制二段,每段尚存七言诗二句,盖因旧曲名而别创新声也。原注谓此词昔已散佚,乃自池州夏氏家藏传播者。

采桑子

辘轳金井梧桐晚，几树惊秋。昼雨新愁。百尺虾须在玉钩。　　琼窗春断双蛾皱，回首边头。欲寄鳞游。九曲寒波不溯流。

上阕宫树惊秋，卷帘凝望，寓怀远之思。故下阕云回首边头，音书不到，当是忆弟郑王北去而作，与《阮郎归》调同意。此词墨迹在王季宫判院家。《墨庄漫录》称后主书法，“遒劲可爱”，可称书词双美。此调《词谱》作《丑奴儿令》。

虞美人

风回小院庭芜绿。柳眼春相续。凭阑半日独无言。依旧竹声新月似当年。　　笙歌未散尊罍在。池面冰初解。烛明香暗画楼深。满鬓清霜残雪思难禁。

五代词句多高浑，而次句“柳眼春相续”及上首《采桑子》之“九曲寒波不溯流”琢句工炼，略似南宋慢体。此词上、下段结句，情交悱恻，凄韵欲流。如方干诗之佳句，乘风欲去也。

捣练子令

深院静，小庭空。断续寒砧断续风。无奈夜长人不寐，数声和月到帘栊。

曲名《捣练子》，即以咏之，乃唐词本体。首二句言闻捣练之时，院静庭空，已写出幽悄之境。三句赋捣练。四、五句由闻砧者说到砧声之远递。通首赋捣练，而独夜怀人情味，摇漾于寒砧断续之中，可谓极此题能事。杨升庵谓旧本以此曲为《鹧鸪天》之后半首，尚有上半首云："塘水初澄似玉容。所思还在别离中。谁知九月初三夜。露似珍珠月似弓。"案《鹧鸪天》调，唐人罕填之。况塘水四句，全于捣练无涉，升庵之说未确。但露珠月弓，传诵词苑，自是佳句。

玉楼春

晚妆初了明肌雪。春殿嫔娥鱼贯列。凤箫吹断水云间，重按《霓裳》歌遍彻。　　临风谁更飘香屑。醉拍阑干情味切。归时休放烛花红，待踏马蹄清夜月。

捣练子令（深院静）

此在南唐全盛时所作。按霓羽之清歌，爇沉香之甲煎，归时复踏月清游，洵风雅自喜者。唐元宗后，李主亦无愁天子也。此词极富贵，而《浪淘沙令》“流水落花春去也，天上人间”，又极凄婉，则富贵亦一场春梦耳。〇《霓裳曲》天宝后散失，南唐昭惠后善歌舞，得其残谱，审定缺坠，以琵琶奏之，遗曲复传。故上段结句云：“重按《霓裳》。”洪刍《香谱》谓后主自制“帐中香”，“以丁香、沉香及檀麝等各一两，甲香三两，皆细研成屑，取鹅梨汁蒸干焚之”。故下段首句云风飘香屑，殆即“帐中香”也。其“清夜月”结句极清超之致。《艺苑卮言》云：“后主直是词手。”

蝶恋花

遥夜亭皋闲信步。乍过清明，渐觉伤春暮。数点雨声风约住。朦胧淡月云来去。　　桃李依依香暗度。谁在秋千，笑里轻轻语。一片芳心千万绪。人间没个安排处。

上半首工于写景。风收残雨，以“约住”二字状之，殊妙。雨后残云，惟映以淡月，始见其长空来往，写风景宛然。结句言寸心之愁，而宇宙虽宽，竟无容处，其愁宁有际耶！唐人诗“此心方寸地，容得许多愁”，愁之为物，可谓放之则弥六合，卷之则退藏于密，惟能手得写出之。

阮郎归

东风吹水日衔山。春来长是闲。落花狼藉酒阑珊。笙歌醉梦间。　　佩声悄，晚妆残。凭谁整翠鬟。流连光景惜朱颜。黄昏独倚阑。

词为十二弟郑王作。开宝四年，令郑王从善入朝，太祖拘留之，后主疏请放归，不允，每凭高北望，泣下沾襟。此词春暮怀人，倚阑极目，黯然有鸰原之思。煜虽孱主，亦性情中人也。

浪淘沙令

帘外雨潺潺。春意阑珊。罗衾不耐五更寒。梦里不知身是客，一晌贪欢。　　独自莫凭阑。无限江山。别时容易见时难。流水落花春去也，天上人间。

言梦中之欢，益见醒后之悲，昔日歌舞《霓裳》，不堪回首。结句"天上人间"三句怆然欲绝，此归朝后所作。尚有"破阵子"词，则白马迎降时作。其词之末句云："最是仓皇辞庙日，……挥泪对宫娥。"人讥其临别之泪，不挥宗社而对于宫娥，讥之诚当，但词则纪当时实事，想见其去国惨状。《浪淘沙令》尤极凄黯之音，如峡猿之三声肠断也。

采桑子

亭前春逐红英尽，舞态徘回。零雨霏微。不放双眉时暂开。　　绿窗冷静芳音断，香印成灰。可奈情怀。欲睡朦胧入梦来。

喜迁莺

晓月坠，宿云微。无语枕频欹。梦回芳草思依依。天远雁声稀。　　啼莺散。余花乱。寂寞画堂深院。片红休扫尽从伊。留待舞人归。

此二词殆亦失国后所作。春晚花飞，宫人零落，芳讯则但祈入梦，落红则留待归人，皆极写无聊之思。《采桑子》词之眉头不放暂开，殆受归朝后禁令之严，微有怨词耶？

相见欢

林花谢了春红。太匆匆。常恨朝来寒雨晚来风。

胭脂泪。留人醉。几时重。自是人生长恨水长东。

后主为樊若水所卖，举国与人。词借伤春为喻，恨风雨之摧花，犹逆臣之误国，迨魁柄一失，如水之东流，安能挽沧海尾闾、复鼓回澜之力耶！

长相思

一重山。两重山。山远天高烟水寒。相思枫叶丹。　　菊花开。菊花残。塞雁高飞人未还。一帘风月闲。

此词见《草堂诗馀》。以清淡之笔，写深秋风物，而《蒹葭》怀远之思，低回不尽，节短而格高，五代词之本色也。

浣溪沙

转烛飘蓬一梦归。欲寻陈迹怅人非。天教心愿与身违。　　待月池台空逝水，荫花楼阁漫斜晖。登临不惜更沾衣。

此词见《历代诗馀》。当人去台空以后，斜阳黯黯，逝水滔滔，宗国阴沉，谁能遣此！亦回首南朝之作也。

相见欢

无言独上西楼。月如钩。寂寞梧桐深院，锁清秋。　　剪不断。理还乱。是离愁。别是一般滋味在心头。

后阕仅十八字，而肠回心倒，一片凄异之音，伤心人固别有怀抱。《花庵词选》云："所谓亡国之音哀以思。"

后主尚有《望江梅》词，本单调，误合二调为一首。又有《渔父》词，从张氏《春江钓叟图》录出。此二调笔意似浅率，不类后主。其《谢新恩》词六首，墨迹在孟郡王家，其中词句如"东风恼我，才发一襟香""暂时相见，如梦懒思量""远是去年今日恨还同""上楼新月，回首自纤纤"，皆尚可诵，但传写敚误甚多，兹编皆未录也。

五代之词尚矣，传李唐之薪火，为赵宋之先河。南唐中主李璟、后主李煜，以国君而擅词手，秀压江东，与薛、顾、韦、冯方美，而诸家选本，胡季直仅选中主一首、后主六首，张皋文选中主四首、后主七首，如陟昆冈，尚多美玉。兹从明万历年吕远据宋本所刻及花庵词客以后诸家词选所取者，衡校而录之，得中主词六首、后主词二十七首，述其旧闻，加以诠说，以振其绪而广其传，俾词社诸子，便于习诵。二主于社屋以后，借长短歌词，得垂声于后世，文字之寿，绵于国祚矣。辛巳孟夏乐静居士俞陛云识于故都。时年七十有四。

相见欢（无言独上西楼）

闽

徐昌图　一首

临江仙

饮散离亭西去，浮生常恨飘蓬。回头烟柳渐重重。淡云孤雁远，寒日暮天红。　今夜画船何处，潮平淮月朦胧。酒醒人静奈愁浓。残灯孤枕梦，轻浪五更风。

写江行夜泊之景。“暮天”二句晚霞如绮，远雁一绳。“轻浪”二句风起深宵，微波拍舵，淴淴有声，状水窗风景宛然，千载后犹想见客中情味也。昌图爵里无考，选词家有列入唐词末者。

荆南

孙光宪　十一首

竹枝词

门前春水白蘋花。岸上无人小艇斜。商女经过江欲暮，散抛残食饲神鸦。

此竹枝女儿词也。神鸦纯黑，有黄色约其半身如带，随客舟飞舞，不避人，抛食辄衔去。昔年在川、楚江行亲见之。此词固《竹枝》妍唱，即作七言绝句诵之，亦是晚唐风调。

浣溪沙

蓼岸风多橘柚香，江边一望楚天长。片帆烟际闪孤光。　　目送征鸿飞杳杳。思随流水去茫茫。兰红波碧忆潇湘。

昔在湘江泛舟，澄波一碧，映似遥山，时见点点白帆、明灭于夕阳烟霭间，风景绝胜。词中“帆闪孤光”句足以状之。“兰红波碧”殊令人回忆潇湘也。

前　调

花渐凋疏不耐风。画帘垂地晚堂空。堕阶萦藓舞愁红。　　腻粉半黏金靥子，残香犹暖绣熏笼。蕙心无处与人同。

“愁红”句字字锤炼。“蕙心”句甘孤秀之自馨，溯流风而独写，其寄慨深矣。

前　调

轻打银筝坠燕泥。断丝高罥画楼西。花冠闲上午墙啼。　　粉箨半开新竹径，红苞尽落旧桃蹊。不堪终日闭深闺。

五句虽皆写景，而字句妍炼，兼含凄寂。至结句言终日闭闺，则所见景物，徒为愁人供资料耳。

河　传

花落。烟薄。谢家池阁。寂寞春深。翠蛾轻敛意沉吟。沾襟。无人知此心。　　玉炉香断霜灰冷。帘铺影。梁燕归红杏。晚来天。空悄然。孤眠。枕檀云髻偏。

前　调

风飐。波敛。团荷闪闪。珠倾露点。木兰舟上，何处吴娃越艳。藕花红照脸。　　大堤狂煞襄阳客。烟波隔。渺渺湖光白。身已归。心不归。斜晖。远汀鸂鶒飞。

《河传》二调，须合而观之。上首所以敛黛沾襟、欹鬟倚枕者，以次首之襄阳狂客，偶见兰舟艳质，即故剑全忘，即使强归，而心已去，如逐斜阳鸂鶒而飞，透进一层写法，愈见怨之深也。

菩萨蛮

月华如水笼香砌。金环碎撼门初闭。寒影堕高檐。钩垂一面帘。　　碧烟轻袅袅。红战灯花笑。即此是高唐。掩屏秋梦长。

前　调

花冠频鼓墙头翼。东方淡白连窗色。门外早莺声。背楼残月明。　　薄寒笼醉态。依旧铅华在。握手送人归。半拖金缕衣。

二词亦连缀而作。前首纪相逢，丽不伤雅，仅以淡笔写之。后首言相别，破晓分襟，莺声残月，晓景宛然。“握手”二句，见推枕而起，揽衣未整，已唱骊歌，握手匆匆，离情无限，与《片玉词》之“露寒人远”，情景相类。

前　调

木棉花映丛祠小。越禽声里春光晓。铜鼓与蛮歌。南人祈赛多。　　客帆风正急。茜袖偎樯立。极浦几回头。烟波无限愁。

铜鼓声中，木棉花下，正蛮江春好之时。忽翠袖并船，惊鸿一瞥，方待回头，顷刻隔几重烟浦，其惆怅何如。“正是客心孤回处，谁家红袖倚江楼”，文人之遐想，有此相似者。

定西番

鸡禄山前游骑，边草白，朔天明。马蹄轻。
鹊面弓离短韔，弯来月欲成。一只鸣髇云外，晓鸿惊。

前　调

帝子枕前秋夜，霜幄冷，月华明。正三更。
何处戍楼寒笛，梦残闻一声。遥想汉关万里，泪纵横。

二词英英露爽。“鸣髇”二句有“翻身向天仰射云，一箭正坠双飞翼”之概。“寒笛”二句有“横笛偏吹行路难”“一时回首月中看”之感。一言骑射精能，一言乡心枨触也。

佚名 一首

鱼游春水

秦楼东风里。燕子还来寻旧垒。余寒犹峭，红日薄侵罗绮。嫩草方抽碧玉茵，媚柳轻窣黄金缕。莺啭上林，鱼游春水。　　几曲阑干遍倚。又是一番新桃李。佳人应怪归迟，梅妆泪洗。凤箫声绝沉孤雁，望断清波无双鲤。云山万重，寸心千里。

宋政和中，河卒于汴河上掘地得石，有词句而无名无谱。进御后，命大晟府填腔，赐名为《鱼游春水》云。